ORLANDO NILHA

CAROLINA
Carolina Maria de Jesus

1ª edição – Campinas, 2019

"Quem escreve pode passar fome de comida, mas tem o pão da sabedoria e pode gritar com suas palavras." (Carolina Maria de Jesus)

MOSTARDA EDITORA

No comecinho do século passado, no período conhecido como "República Velha", o Brasil vivia a chamada "política do café com leite". Na época, a política do país era dominada por dois estados: São Paulo, que tinha grandes fazendas produtoras de café, e Minas Gerais, onde se produzia muito leite.

Mas isso não quer dizer que São Paulo produzia apenas café, e Minas Gerais, somente leite... No sudoeste de Minas, pertinho da fronteira com São Paulo, havia fazendas que produziam café, milho, algodão, etc. Nessa região, conhecida como Triângulo Mineiro, existia uma pequena cidade chamada Sacramento, que uma família descendente de escravizados escolheu para tentar ganhar a vida.

Nessa cidadezinha, em 1914, nasceu Carolina Maria de Jesus, negra, trabalhadora do campo, empregada doméstica, catadora de papel, moradora de favela, mãe solitária de três filhos e uma das maiores escritoras da literatura brasileira.

A família de Carolina era pobre, e por isso ela estudou pouco. Sua mãe trabalhava de lavadeira para uma senhora da cidade, que bancou os estudos da menina no colégio Allan Kardec. Ela estudou por apenas dois anos, mas foi nesse período que aprendeu as paixões de sua vida: ler e escrever.

Por ser inteligente e gostar de ler, era motivo de piada entre as outras crianças, embora jamais tenha se separado dos livros, seus companheiros da vida inteira. "Quem não tem amigos, mas tem livros, tem uma estrada", escreveria mais tarde.

Seguindo o suor e o esforço da família, Carolina viveu a adolescência entre fazendas e cidades da região trabalhando como lavradora e empregada doméstica.

Em 1933, estava de volta à sua cidadezinha natal. Certa tarde, enquanto lia sentada à porta de sua casa, Carolina foi presa: tinha sido denunciada por... ler! Foi acusada de ler para fazer "feitiçaria" contra os brancos. A mãe, desesperada, ao sair em sua defesa, também foi presa.

Passaram mais de cinco dias na prisão, quase sem comer, maltratadas e humilhadas. Carolina apanhou dos policiais, e a mãe, ao proteger a filha, teve um braço quebrado.

Carolina desejava partir, procurar seu destino e ser feliz. O seu único feitiço eram as palavras, como ela registraria depois: "Todos têm um ideal. O meu é gostar de ler".

Depois da morte da mãe, em 1937, Carolina seguiu para a cidade de São Paulo. Chegou com o coração cheio de esperança e com o sonho de mudar de vida. Trabalhou como faxineira, auxiliar de enfermagem, vendedora e até artista de circo. A cidade grande, com suas multidões, ruas sem fim e arranha-céus, significava para Carolina um mar de possibilidades.

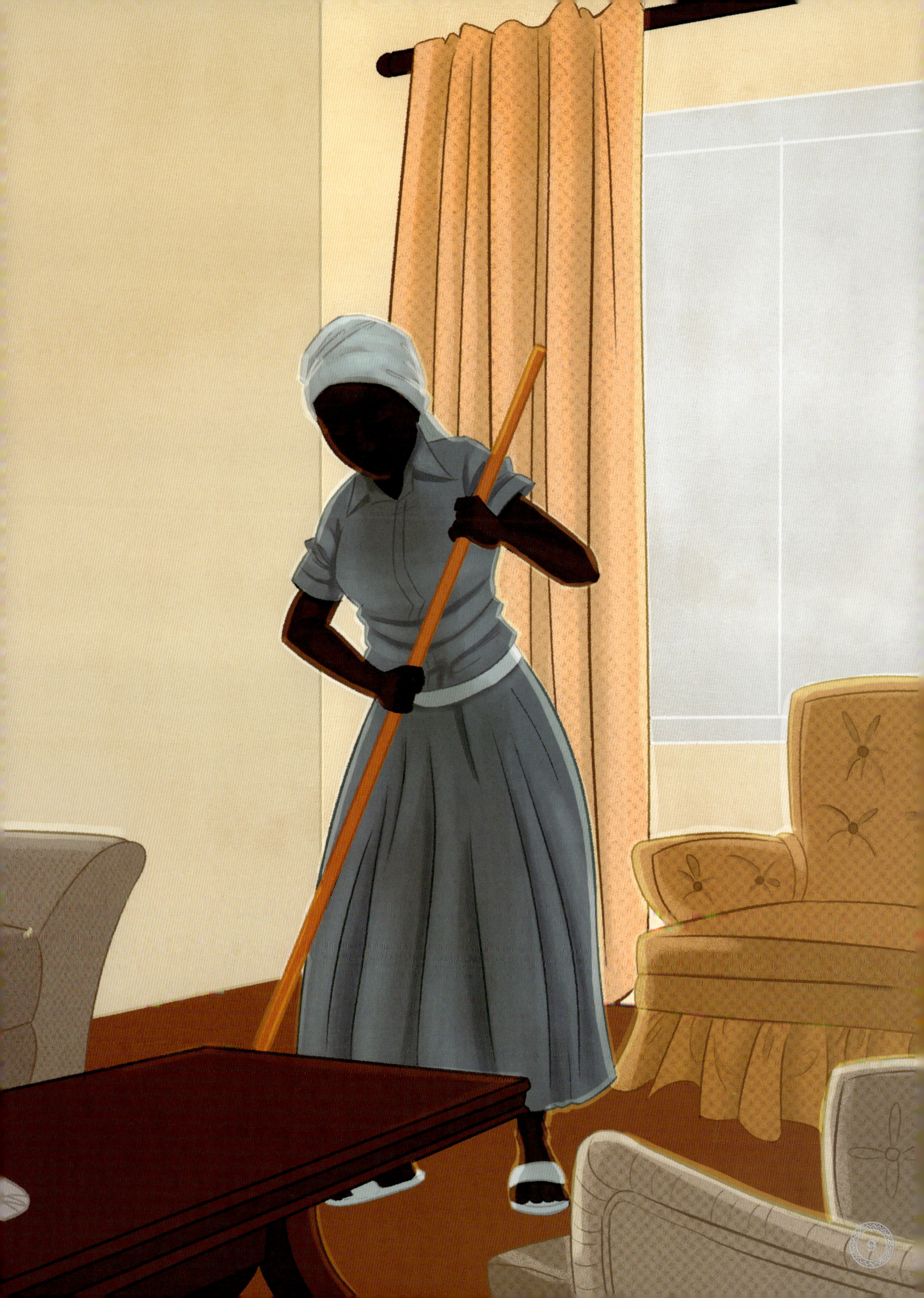

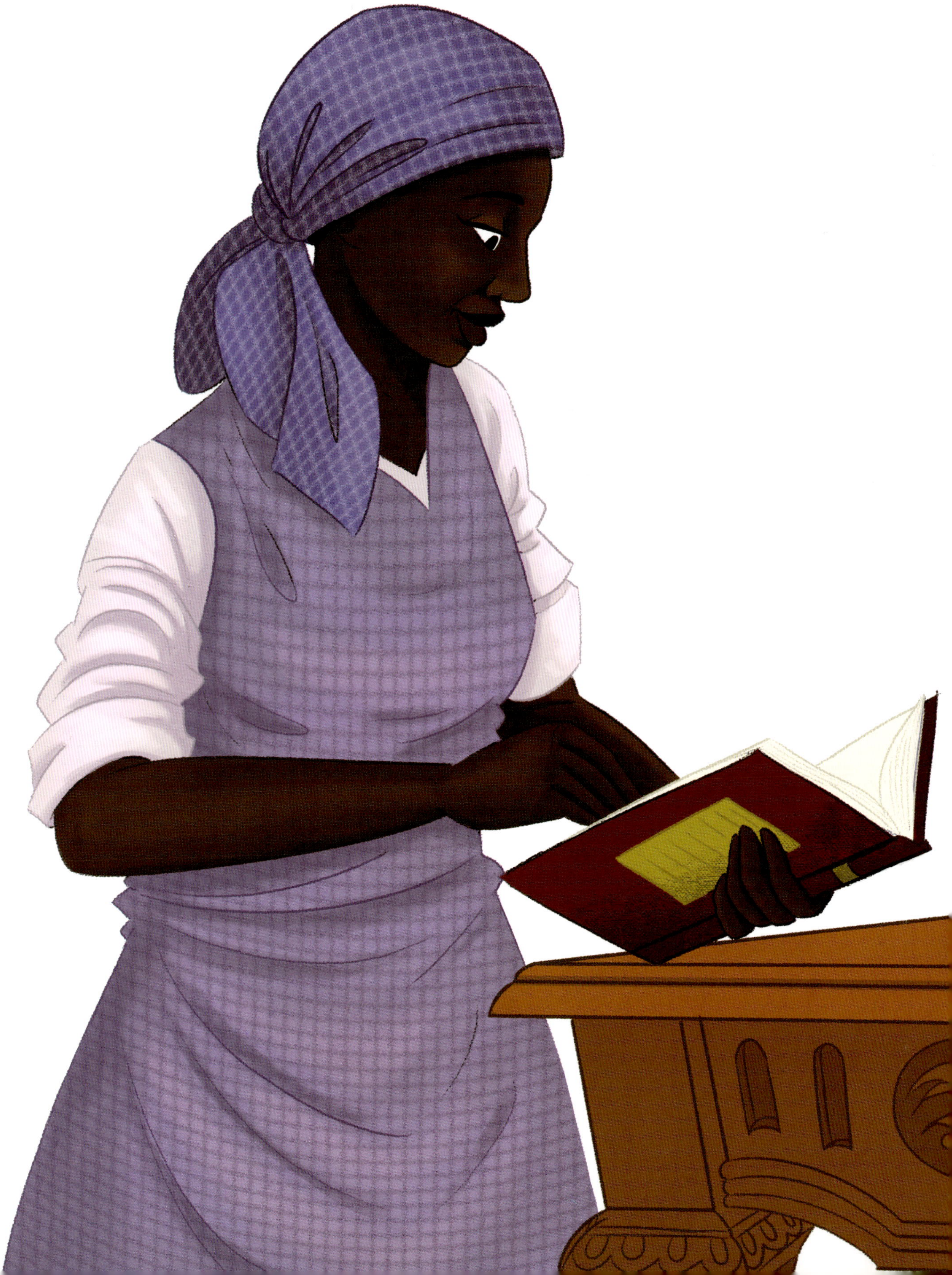

Nessa época, conseguiu emprego como doméstica na casa do famoso Euryclides de Jesus Zerbini, o primeiro médico brasileiro a realizar um transplante de coração.

O doutor disse a Carolina que ela poderia sair para se divertir durante as folgas, mas Carolina só queria uma coisa: aproveitar a imensa biblioteca da casa. Com a permissão do patrão, ela passava os momentos de descanso entre grandes escritores da literatura mundial.

Para quem considerava os livros a maior invenção da humanidade, aquilo era um paraíso!

Em 1948, ocorreu uma grande mudança: Carolina engravidou! Por não conseguir arranjar emprego, acabou indo morar na favela do Canindé, perto do rio Tietê, na zona norte de São Paulo.

Chão de lama, barracos de madeira, miséria... A favela, para Carolina, era o quarto de despejo da metrópole, onde ia parar tudo o que a cidade não queria mais usar.

Apesar da realidade dolorosa, ela não deixava de sonhar. No fim do dia, encostada à porta de seu barraco, olhava para o céu estrelado e sonhava: "Eu que sou exótica gostaria de recortar um pedaço do céu para fazer um vestido".

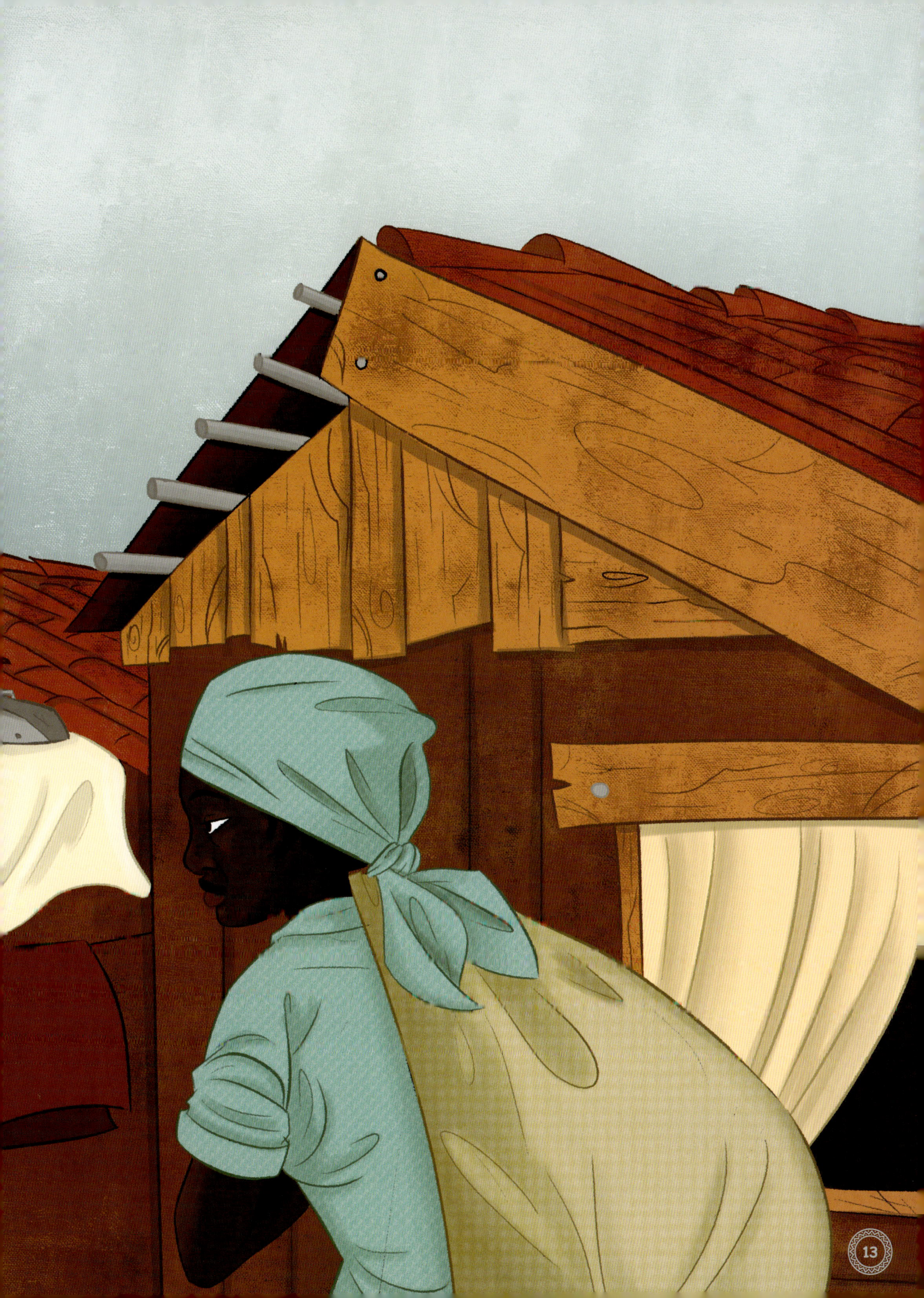

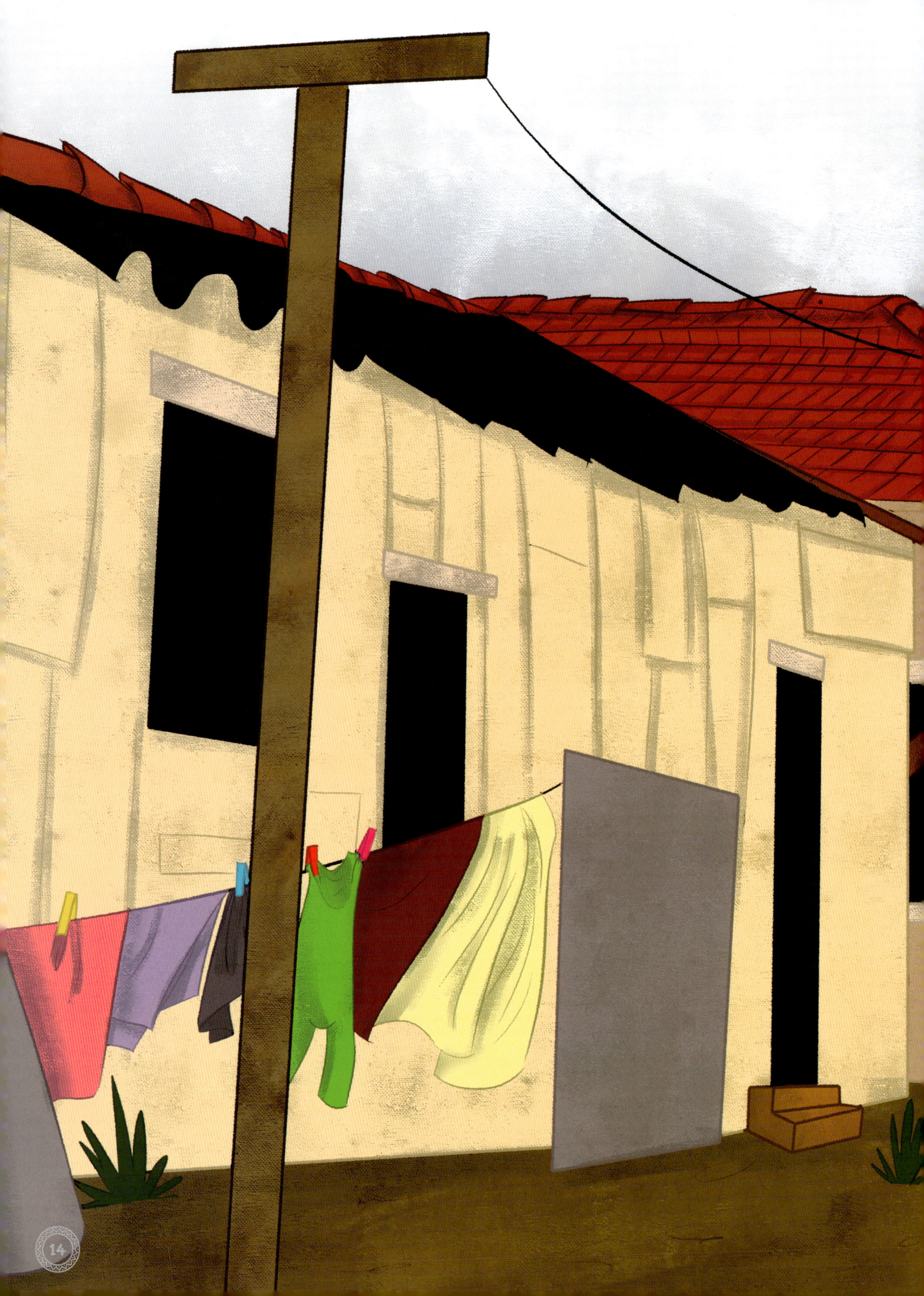

A partir dos anos 1930, a cidade de São Paulo passou a receber um grande número de migrantes de todo o país. As pessoas deixavam a zona rural e partiam para a cidade em busca de novas oportunidades. Parte dessa população desamparada, junto de outros pobres que já viviam na cidade, passou a construir suas moradias em terrenos inabitados, principalmente nas regiões periféricas.

Em 1957, a cidade de São Paulo tinha cerca de 2 milhões de habitantes, 50 mil deles vivendo em favelas.

Para sobreviver, Carolina se tornou catadora de papel.

Andava o dia inteiro pelas ruas de São Paulo juntando todo tipo de papel que encontrava. Se encontrasse algo que pudesse ser lido, como pedaços de livros, revistas ou jornais, levava para casa para ler antes de dormir.

No fim da jornada, exausta, Carolina trocava os papéis por um pouco de dinheiro, e o dinheiro, por um pouco de comida.

17

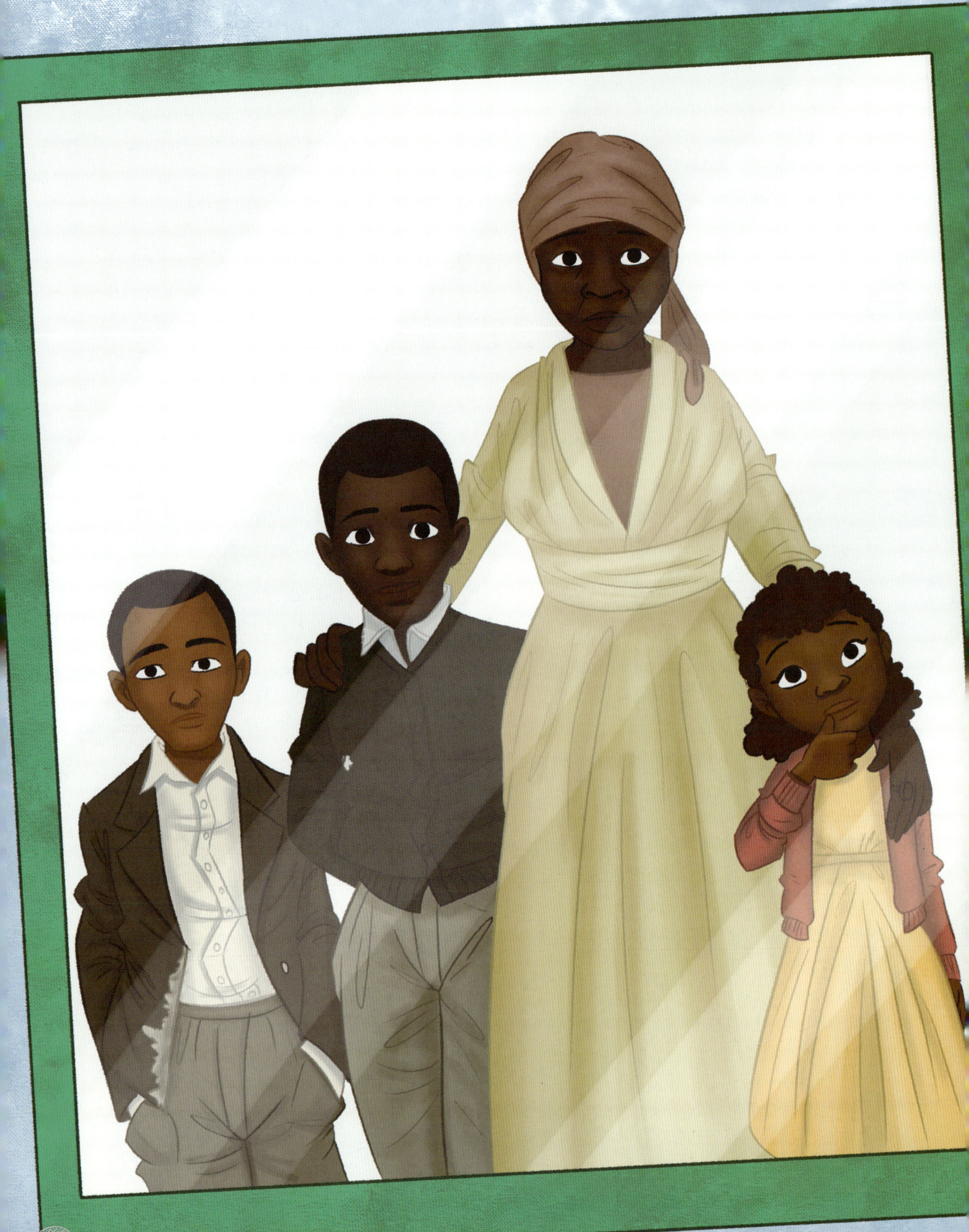

Depois de seu primeiro filho, João José, Carolina deu à luz José Carlos e Vera Eunice. Todos nascidos na favela do Canindé.

Os meninos, um pouco mais velhos, ficavam no barraco à espera da mãe, que saía para catar papel levando a pequenina Vera Eunice no colo. Os sacos de papel Carolina carregava na cabeça.

Ela não deixava de se preocupar com os filhos descalços sobre a lama da favela, com certeza famintos, torcendo para que a mãe voltasse mais cedo para casa com um pedaço de pão ou um pouco de arroz. Se tinha almoço, não tinha jantar; se tinha jantar, não tinha almoço, como revelam as palavras da própria Carolina: "Eu sou negra, a fome é amarela e dói muito".

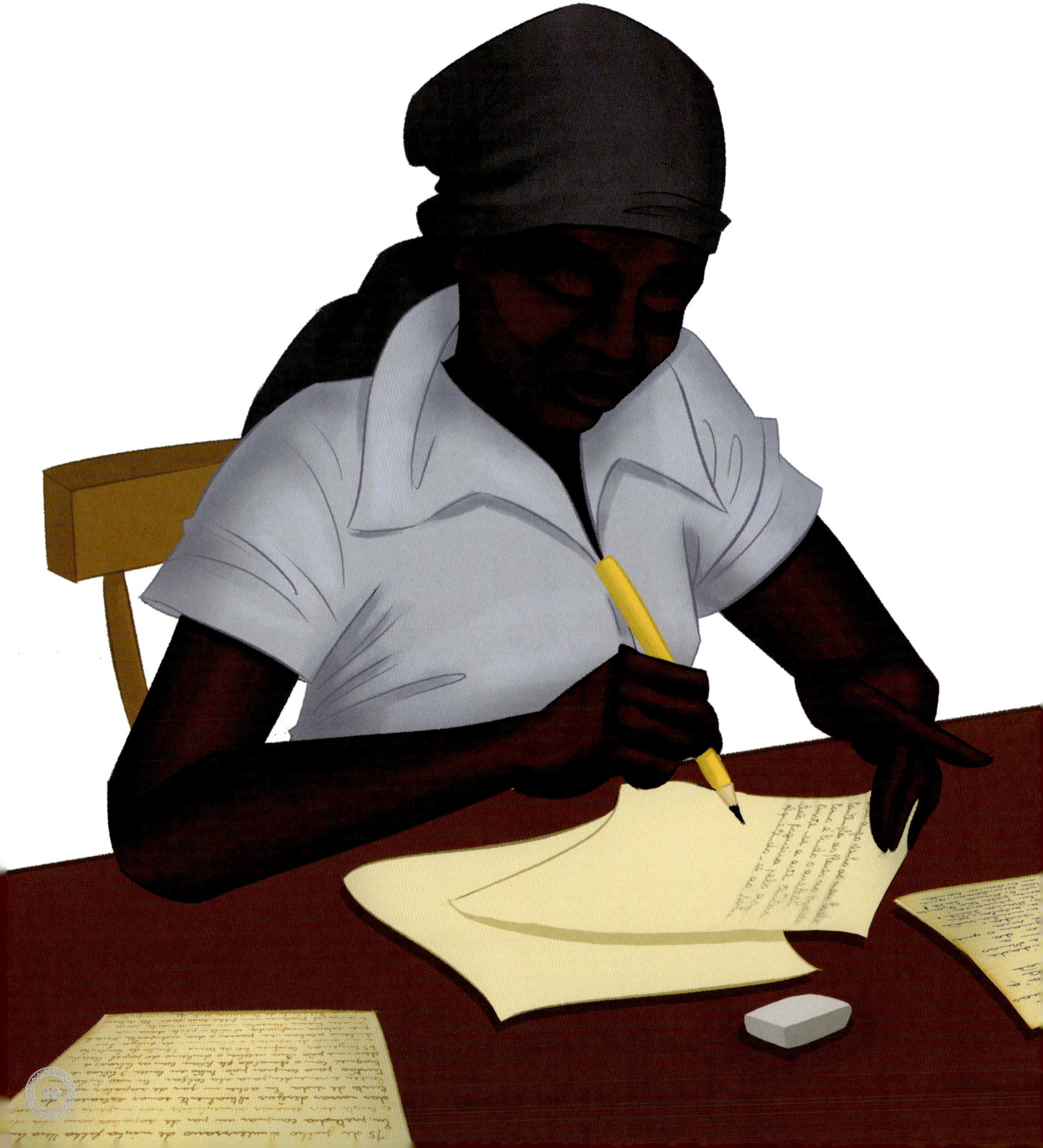

Mesmo levando uma vida difícil, existia dentro de Carolina uma voz que queria ser ouvida, que desejava gritar para o mundo: "Vejam, eu existo, esta sou eu!".

E Carolina realmente tinha algo a dizer.

Em 1955, começou a registrar o dia a dia da favela em papéis que encontrava no lixo. Escrevendo com sinceridade e sem enfeites, criou um jeito próprio de comunicar a sua verdade. Aquele universo de tristeza, desesperança, violência e preconceito ganhava uma nova expressão por meio de sua sensibilidade.

Além do diário, Carolina escrevia poemas, contos e romances. Tinha o sonho de ver sua obra publicada, mas o fundamental é que, para ela, escrever era uma necessidade, assim como respirar, comer e matar a sede.

Certo dia, um jornalista chamado Audálio Dantas foi até o Canindé para escrever uma reportagem sobre a vida na favela.

Caminhando por ali, notou uma mulher corajosa enfrentando um grupo de homens. O motivo? Eles faziam bagunça num parquinho para crianças. "Se vocês não saírem, eu vou escrever tudo isso no meu livro!", ameaçava ela.

Curioso, Audálio se aproximou e quis saber de que livro ela estava falando. Então ele foi levado pela mulher até um barraco, onde ela lhe mostrou uma pilha de cadernos. Ao ler umas poucas páginas, Audálio ficou de queixo caído. Havia vida, força e beleza naqueles escritos. Tinha encontrado sua reportagem, e ela se chamava Carolina Maria de Jesus.

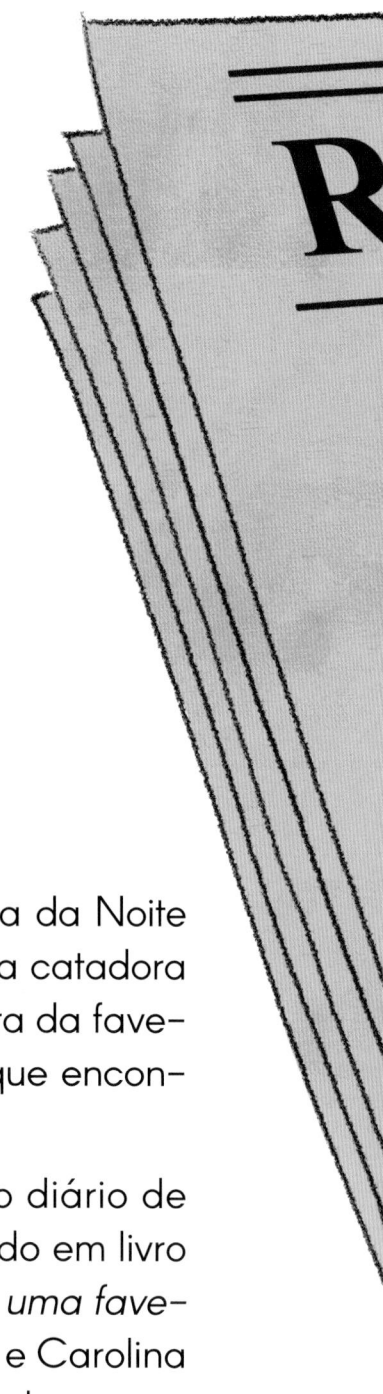

No dia 9 de maio de 1958, o jornal Folha da Noite publicou uma matéria contando a história da catadora de papel, mãe solteira de três filhos, moradora da favela do Canindé, que escrevia em cadernos que encontrava no lixo.

A reportagem apresentava trechos do diário de Carolina e anunciava que ele seria publicado em livro com o título de *Quarto de despejo: diário de uma favelada*. A repercussão da matéria foi enorme, e Carolina se tornou o assunto mais comentado da cidade.

Ela estava realizando um sonho antigo: ver os seus escritos publicados, a sua voz alcançando os quatro cantos do mundo!

RATO DA FAVELA

A festa de lançamento de *Quarto de despejo* foi um sucesso. As pessoas faziam fila para conseguir um autógrafo da autora. Em cinco dias, foram vendidos 10 mil exemplares!

Saíam novas reportagens sobre Carolina nos jornais, nas rádios e na televisão. Ela se transformou na celebridade do momento. Tirou fotos com autoridades e foi elogiada por grandes nomes da literatura brasileira, como Jorge Amado e Manuel Bandeira.

Carolina, ao conhecer Clarice Lispector, virou-se para a filha e disse: "Veja, filha, aqui está uma escritora de verdade". E Clarice retrucou: "Escritora de verdade é você, Carolina, que escreve a realidade como ninguém".

27

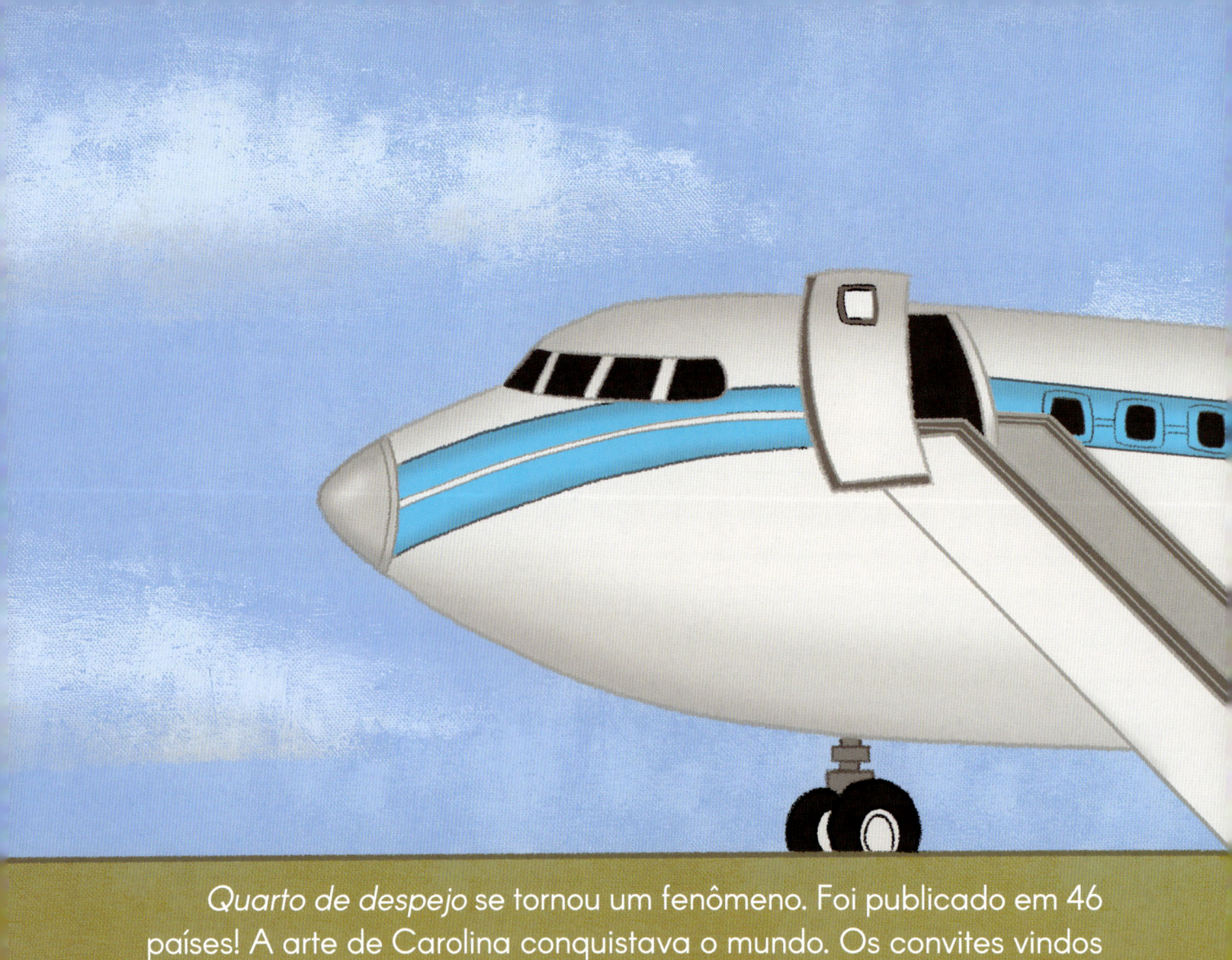

Quarto de despejo se tornou um fenômeno. Foi publicado em 46 países! A arte de Carolina conquistava o mundo. Os convites vindos de fora não paravam de chegar. No Uruguai, ela desfilou em carro aberto ao lado do presidente.

Com o sucesso, Carolina deixou a favela do Canindé e se mudou para o bairro de Santana. Mas nem tudo eram flores: os moradores do bairro não gostavam da presença dela e das filas de pessoas pobres que procuravam sua ajuda.

Carolina gostava de ajudar os necessitados e, além disso, não conseguia se adaptar ao ambiente de luxo e riqueza que passou a frequentar. Ela não queria ser vista como um simples produto de consumo, mas sim como artista e escritora.

29

Depois de *Quarto de despejo*, Carolina lançou, em 1961, *Casa de alvenaria*, em que conta como era sua vida depois de ter saído da favela e denuncia a hipocrisia dos ricos. O livro não foi bem recebido e vendeu menos do que o anterior. Carolina chegou a gravar um disco com canções de sua autoria.

Pouco depois, em 1963, publicou o romance *Pedaços da fome* e, com dinheiro do próprio bolso, lançou o livro *Provérbios*, que também não fizeram sucesso e complicaram sua situação financeira.

Carolina tinha língua afiada. Defendia a doação de terras para os pobres como solução para o fim das favelas, entre outras opiniões polêmicas. Assim, era tida como "estranha" pela elite.

Cada vez mais isolada, decidiu, em 1969, ir morar em uma chácara em Parelheiros, no extremo sul da cidade, onde teria um ambiente mais parecido com o da sua infância, com hortas e animais.

Esquecida pela mídia e pelo meio literário, Carolina perdeu quase tudo o que tinha ganhado. Levou uma vida simples em sua chácara até que, em 1977, foi surpreendida por um ataque fatal de asma.

Depois de sua morte, foi publicado o livro *Diário de Bitita*, em que a autora conta memórias da sua infância. À frente de seu tempo, ela se tornou um exemplo de resistência e perseverança. Assumiu o seu lugar de fala e fez sua voz ganhar o mundo.

Carolina virou tema de filmes, peças de teatro, músicas e livros e se transformou em referência para as novas gerações. Mesmo diante das dificuldades, sempre confiou no poder dos livros e da literatura e nunca deixou de acreditar que sua arte um dia se tornaria imortal.

Querido leitor,

A editora MOSTARDA é a concretização de um sonho. Fazemos parte da segunda geração de uma família dedicada aos livros. A escolha do nome da editora tem origem no que a semente da mostarda representa: é a menor semente da cadeia dos grãos, mas se transforma na maior de todas as hortaliças. Assim, nossa meta é fazer da editora uma grande e importante difusora do livro, e que nessa trajetória possamos mudar a vida das pessoas. Esse é o nosso ideal.

As primeiras obras da editora MOSTARDA chegam com a coleção BLACK POWER, nome do movimento pelos direitos dos negros ocorrido nos EUA nas décadas de 1960 e 1970, luta que, infelizmente, ainda é necessária nos dias de hoje em diversos países.

Sempre nos sensibilizamos com essa discussão, mas o ponto de partida para a criação da coleção ocorreu quando soubemos que dois de nossos colaboradores, Renan e Thiago, já haviam sido vítimas de racismo. Sempre os incentivamos a se dedicar ao máximo para superar os obstáculos e os desafios de uma sociedade injusta e preconceituosa. Hoje, Thiago é professor de Educação Física, e Renan, que está se tornando um poliglota, continua no grupo, destacando-se como um dos melhores funcionários.

Acreditando no poder dos livros como força transformadora, a coleção BLACK POWER apresenta biografias de personalidades negras que são exemplos para as novas gerações. As histórias mostram que esses grandes intelectuais fizeram e fazem a diferença.

Os autores da coleção, todos ligados às áreas da educação e das letras, pesquisaram os fatos históricos para criar textos inspiradores e de leitura prazerosa. Seguindo o ideal da editora, acreditam que o conhecimento é capaz de desconstruir preconceitos e abrir as portas do pensamento rumo a uma sociedade mais justa.

Pedro Mezette
CEO Founder
Editora Mostarda

EDITORA MOSTARDA
www.editoramostarda.com.br
Instagram: @editoramostarda

© A&A Studio de Criação, 2019

Direção:	Fabiana Therense
	Pedro Mezette
Coordenação:	Andressa Maltese
Texto:	Gabriela Bauerfeldt
	Maria Julia Maltese
	Orlando Nilha
Revisão:	Marcelo Montoza
	Nilce Bechara
Ilustração:	Leonardo Malavazzi
	Lucas Coutinho
	Kako Rodrigues

Nota: Os profissionais que trabalharam neste livro pesquisaram e compararam diversas fontes numa tentativa de retratar os fatos como eles aconteceram na vida real. Ainda assim, trata-se de uma versão adaptada para o público infantojuvenil que se atém aos eventos e personagens principais.

Dados Internacionais de Catalogação na Publicação (CIP)
(Câmara Brasileira do Livro, SP, Brasil)

```
Nilha, Orlando
   Carolina : Carolina Maria de Jesus / Orlando
Nilha ; [ilustrações Leonardo Malavazzi]. --
1. ed. -- Campinas, SP : Editora Mostarda, 2019. --
(Coleção black power)

   ISBN 978-65-80942-05-3

   1. Escritoras brasileiras - Biografia -
Literatura infantojuvenil 2. Jesus, Carolina Maria
de, 1914-1977 - Literatura infantojuvenil
I. Malavazzi, Leonardo. II. Título. III. Série.

19-29394                                CDD-028.5
```

Índices para catálogo sistemático:

1. Carolina Maria de Jesus : Biografia : Literatura
    infantojuvenil   028.5
2. Carolina Maria de Jesus : Biografia : Literatura
    juvenil   028.5

Cibele Maria Dias - Bibliotecária - CRB-8/9427